SABOTAGE

Sigmund Brouwer

TRADUIT DE L'ANGLAIS PAR
Rachel Martinez

LES ÉDITIONS ORCA

Publié au Canada et aux États-Unis par Les éditions Orca en 2022.
Publié initialement en anglais en 2005 par Les éditions Orca sous le titre *Wired*
et réédité en format ultralisible en 2020 (ISBN 9781459827363, broché).
orcabook.com

Catalogage avant publication de Bibliothèque et Archives Canada
Titre: Sabotage / Sigmund Brouwer ; traduit de l'anglais par Rachel Martinez.
Autres titres: Wired. Français
Noms: Brouwer, Sigmund, 1959- auteur. | Martinez, Rachel, 1961- traducteur.
Collections: Orca currents.
Description: Mention de collection: Orca currents | Traduction de : Wired.
Identifiants: Canadiana (livre imprimé) 20210348976 |
Canadiana (livre numérique) 2021034900X |
ISBN 9781459833197 (couverture souple) | ISBN 9781459833203 (PDF) |
ISBN 9781459833210 (EPUB)
Classification: LCC PS8553.R68467 W5714 2022 | CDD jC813/.54—dc23

Numéro de contrôle de la Bibliothèque du Congrès : 2021949088

Résumé : Dans ce roman captivant facile à lire pour
les jeunes adolescents, Carl court un grave danger en menant
une enquête sur une série de vols dans une station de ski.

Les éditions Orca s'engagent à réduire leur consommation de ressources
non renouvelables utilisées dans la production de leurs livres. Nous
nous efforçons d'utiliser des matériaux qui soutiennent un avenir viable.

Les éditions Orca remercient les organismes suivants pour le soutien
accordé à leurs programmes de publication : le gouvernement du Canada, le Conseil
des arts du Canada et la province de la Colombie-Britannique par l'entremise du Conseil
des arts de la Colombie-Britannique et du Crédit d'impôt pour l'édition de livres.

Nous reconnaissons l'aide financière du gouvernement du Canada par l'entremise
du Programme national de traduction pour l'édition du livre, une initiative
de la *Feuille de route pour les langues officielles du Canada 2013-2018 : éducation,
immigration, communautés*, pour nos activités de traduction.

Photo de la couverture avant de Getty Images/Aksonov
Photo de l'auteur de Rebecca Wellman
Traduction française de Rachel Martinez
Révision de Sophie Sainte-Marie

Imprimé et relié au Canada.

25 24 23 22 • 1 2 3 4

Chapitre un

Je suis au sommet de la montagne. Au-dessus de moi : un ciel bleu éclatant et le pâle soleil d'hiver. À mes pieds : une piste longue de mille six cents mètres. Steve, mon entraîneur, est à mes côtés. Il veut que je franchisse la ligne d'arrivée en moins de temps qu'il m'en faut pour manger un sandwich. Il me dit :

— Carl, tu as ton air.

— Quel air ?

— Tu penses à Grégoire. Ne fais pas ça.

Oui, c'est vrai. Je pense à Greg, un des coureurs de l'équipe. Il s'est cassé les deux jambes lors des essais chronométrés il y a quelques semaines. Et aujourd'hui, je m'apprête, à mon tour, à faire un essai. Il faut que je réussisse haut la main si je veux conserver la première place dans l'équipe de course. Mais pour cela, je dois aller très vite. Et si je vais très vite, je risque de me blesser comme Grégoire.

— Arrête de t'inquiéter de la vitesse, Carl. Détends-toi.

Évidemment, dès que quelqu'un nous dit de ne pas penser à quelque chose, c'est exactement cette chose-là qui nous envahit l'esprit.

La vitesse. Quand j'atteins ma vitesse maximale, mes skis vont à cent dix kilomètres à l'heure. Et comme je suis dessus, cela veut dire que, moi aussi, je me déplace à cent dix kilomètres à l'heure. C'est presque la vitesse des gens qui s'élancent en bas d'un avion avant d'ouvrir leur parachute.

Mais je n'ai pas de parachute. Pire encore : mes skis ne sont pas plus larges d'une carte de crédit et à peine plus épais. Mon rôle, comme skieur de descente, consiste à me tenir sur ces minces planches de plastique et de métal sans tomber.

Ce à quoi je n'aime pas du tout penser, c'est qu'une vitesse de cent dix kilomètres à l'heure équivaut à un déplacement de trente mètres à la seconde. C'est mon ami Nikos qui a fait le calcul. Il prend plaisir à m'effrayer. Ce qui est pire, c'est qu'il m'a donné le résultat de ses calculs. Alors, maintenant, je sais que, le temps d'une inspiration et d'une expiration, mon cœur va parcourir l'équivalent de la longueur d'un terrain de football.

Si je tombe de l'une de ces minces planches de plastique et de métal à cette vitesse-là, je vais passer le reste de mes jours à l'hôpital. À manger de la purée. À boire du lait chaud. Et à me faire crier après par des infirmières obèses et laides.

— Carl, tu as encore ton regard...

— Désolé, *coach*.

Je lui souris pour cacher ce que je cache toujours sur les pistes. Je suis un peureux.

— C'est mieux. Es-tu prêt ?

— Bien sûr.

Je mens, comme d'habitude. Je ne vais pas montrer à qui que ce soit que j'ai peur. Pas moi, Carl Lévesque, le champion provincial de ski de descente. Personne ne doit connaître mon plus grand secret.

— Maintenant, n'oublie pas. Quand tu franchis la ligne d'arrivée, tu dois confirmer au chronométreur que tu es notre dernier coureur aujourd'hui. On va rouvrir les pentes au public dès que tu seras au bas de la piste.

Je hoche la tête, et Steve continue avec ses instructions :

4

— Et rappelle aux officiels que tu n'as pas le bon numéro.

Par-dessus ma combinaison de ski, je porte un dossard avec de gros chiffres blancs. Un autre gars de l'équipe, Bobby McGee, a mis le mien par erreur. Je ne m'en suis pas rendu compte avant qu'il prenne le départ et j'ai donc dû enfiler son dossard. Mais ce n'est pas grave, pourvu que j'en informe les officiels au bas de la piste.

Je jette un coup d'œil au chronométreur au départ. Il hoche la tête.

— Vas-y! crie mon entraîneur.

Je m'élance.

Je cligne les yeux deux fois. Le vent remplit mes poumons. Il gronde dans mes oreilles comme un train de marchandises.

Je coupe à gauche pour éviter un rocher qui émerge de la neige. Je me penche sous une branche. J'arrive sur une bosse à la vitesse d'une voiture sur l'autoroute, ce qui me propulse en l'air à au moins un étage au-dessus de la piste. Je me penche vers l'avant en m'assurant que mes skis restent parallèles.

En atterrissant sur la piste, je m'accroupis le plus possible pour ne pas faire obstacle au vent. À cette vitesse, les arbres de chaque côté de la piste défilent sous mes yeux comme des piquets de clôture.

Au milieu de la descente, je sais que je n'ai jamais skié aussi bien. Si je continue à pousser, je pourrai facilement conserver ma première position.

Sous mon casque, j'ai mon sourire de terreur. Et au moment d'amorcer un virage serré, je l'aperçois, mais je ne peux le croire.

Un câble. Un câble noir tendu entre deux arbres à la hauteur de ma taille. Je me dirige droit dessus à une vitesse de trente mètres par seconde. Si je le frappe, il me tranchera le corps en deux.

Chapitre deux

Je laisse tomber mes bâtons et je me recroqueville le plus bas possible sur mes skis. À une vitesse de cent dix kilomètres à l'heure, ce n'est pas aussi facile que de s'asseoir à table. Mais je n'ai pas le choix.

Je réussis à passer sous le câble qui érafle le dessus de mon casque. J'oscille sur mes skis. Pour garder mon équilibre, je pose une main sur la neige, mais elle vibre. Je tombe presque de l'autre côté. Je fais de mon mieux pour rester sur mes skis une autre centaine de mètres. J'ai l'impression que le ciel bascule et que la neige tournoie. Les arbres montent et descendent en faisant de drôles d'angles. Mais je ne tombe pas.

J'arrive enfin à faire un virage et à incliner mes skis pour que les carres mordent dans la neige. Je commence à ralentir.

Au moment où je crois m'en tirer, je glisse sur une plaque de glace. Je perds l'équilibre et je culbute sur la piste. Je me sens comme une boule de canon jetée du haut d'un escalier.

La meilleure chose à faire quand on fait une chute est aussi la plus difficile. Il faut rester mou comme une poupée de chiffon. Si on est trop tendu, on peut se déchirer des muscles et se casser des os.

Je reste donc le plus mou possible en attendant la fin de la chute. Ce n'est que lorsque je m'enfonce dans la neige épaisse et molle près des arbres que je m'arrête enfin.

Je m'attends à avoir un goût de sang dans la bouche. Parfois, quand on tombe, on se mord la langue. Je suis chanceux : je ne saigne pas.

Je cligne des yeux. Mes paupières fonctionnent. J'agite les doigts. Ils bougent aussi. Comme mes bras et mes jambes, ce qui est bon signe. Si je peux remuer tous mes membres, je ne me suis pas cassé le dos.

Cela me donne envie de lâcher. Encore. Chaque fois que je fais une chute, je veux abandonner le ski. Chaque fois que j'attends le départ au sommet de la piste, je veux abandonner le ski. À cause de la peur. Mais je ne peux dire à personne que j'ai peur.

Cette fois-ci, c'est passé trop près. J'aurais pu aboutir à l'hôpital comme Grégoire qui s'y trouve encore. À manger de la purée. À boire du lait chaud. Et à me faire crier après par des infirmières obèses et laides.

J'enlève mon casque et je secoue la tête.

Puis je pense à quelque chose. Un câble noir tendu entre deux arbres, ça ne peut pas être un accident. Il est peut-être arrivé une chose semblable à Greg?

Et si les fractures aux jambes de Grégoire ne sont pas le résultat d'un accident, il y a des questions auxquelles je ne veux pas penser.

Qui commettrait un tel geste? Et pourquoi?

Je me pose beaucoup de questions, mais j'ai aussi d'autres raisons de m'inquiéter.

Le câble est toujours tendu entre les arbres. La piste est réservée aux skieurs qui participaient aux essais chronométrés. J'étais le dernier, ce qui veut dire que je n'ai pas à m'inquiéter pour les autres coureurs. Mais ça veut dire aussi que la piste sera bientôt ouverte aux skieurs.

Dans un instant, quelqu'un pourrait surgir au sommet de la montagne, quelqu'un qui n'aurait peut-être pas le temps de se pencher assez vite. Un câble comme celui-là pourrait le tuer.

Je me relève et je détache mes fixations. Je me mets à gravir la piste en essayant de rester au milieu, là où la neige est bien tapée. Ce n'est pas facile d'essayer de courir en montant. Mes bottes s'enfoncent toujours dans la neige. Je me sens comme dans un de ces rêves où on se fait pourchasser par un monstre sans pouvoir décoller les pieds du sol.

Je garde les yeux rivés vers le sommet de la montagne pour guetter les skieurs. Je suis prêt à les alerter du danger si j'en vois.

Je me rends jusqu'au câble. Aucun skieur en vue. Mon cœur est sur le point d'exploser. C'est difficile d'essayer de gravir une pente en courant, dans la neige et chaussé de bottes de skis.

Je remarque que le bout du câble est entortillé bien serré autour d'un des troncs. Ma tâche serait plus facile avec des pinces. Tout ce que j'ai, ce sont mes dix doigts et ma peur.

Je commence à dénouer le câble qui est lourd et rigide. Il fend mes gants, mais je continue. Il me coupe la peau des doigts. Je réussis à le détacher presque entièrement.

Soudain, j'entends un glissement sur la neige. Quelqu'un descend la piste !

Je n'ai que le temps de voir le violet luisant d'un manteau de ski et la tresse blonde au vent d'une fille qui arrive au sommet. Elle se dirige tout droit vers le câble. Pas sur des skis, mais sur une planche à neige.

Je la préviens :

— Arrête-toi ! Stop !

Il est trop tard.

Elle va tellement vite qu'elle n'a aucune chance de s'arrêter. Le câble l'attrape au milieu du corps.

Elle hurle.

Je croyais que le câble l'aurait découpée en tranches, mais ce n'est pas le cas. Elle le heurte avec force, ce qui dégage l'extrémité toujours attachée à l'arbre. Elle culbute vers l'avant. Sa planche et ses chevilles s'emmêlent dans le câble, et elle glisse jusqu'au bout du fil, puis elle s'arrête net, comme un chien au bout de sa laisse.

La fille pousse un autre cri.

Je me précipite vers elle aussi vite que je peux. En l'aidant à se relever, je lui demande :

— Es-tu correcte ?

Elle ne me remercie pas de lui avoir sauvé la vie. Elle me donne plutôt un coup de poing au visage.

Chapitre trois

— Hé ! Qu'est-ce qui te prend ?

— Espèce de con ! Tu as failli me tuer !

Elle s'apprête à me donner un autre coup. Je saisis son poignet juste avant que son poing atteigne mon visage pour la deuxième fois.

— Moi, te tuer ? Pas du tout, j'essayais de…

Je suis à bout de souffle et j'ai mal au visage.

Et maintenant, cette fille pense que j'ai essayé de la tuer.

— Tu te trouves drôle, peut-être?

Elle baisse son bras et me lance un regard interrogateur.

— As-tu pensé à ce qui serait arrivé si tu avais eu le temps d'attacher complètement le câble avant que j'arrive dessus? J'aurais été coupée en deux!

— C'est le contraire : j'essayais de le détacher.

— C'est ce que tu dis…

Je sens qu'elle ne me croit pas.

Elle prend son cellulaire dans sa poche. J'essaie de lui expliquer :

— J'aimerais qu'on en discute avant que tu appelles la police ou quelqu'un d'autre. Tiens, regarde mes doigts. Tu vois le sang? J'essayais de détacher le câble pendant que tu descendais.

— Ou bien tu étais en train de finir de l'attacher et tu n'as pas pu t'éloigner assez vite.

— Voyons donc ! Comme si je m'étais arrêté quelques minutes en plein milieu d'une descente chronométrée pour l'équipe de course !

Elle range son téléphone.

— Tu dis peut-être la vérité…

— Peut-être ?

En lui disant cela, je lui pointe du doigt mes skis plus bas sur la piste.

— Tu vois ? Le câble m'a presque attrapé, moi aussi. C'est là que je suis tombé. Je suis remonté au cas où quelqu'un me suivrait.

La planchiste me regarde pendant de longues secondes, puis fixe le sol.

— Je suis désolée. Tu m'as probablement sauvé la vie.

Si on était dans un film, elle se pencherait pour m'embrasser.

Mais ce n'est pas du cinéma. Je lèche le sang sur ma lèvre, le sang qui coule de mon nez depuis qu'elle m'a frappé. Plutôt que de m'embrasser, elle ouvre sa poche et en sort un mouchoir. Elle m'essuie le visage et me demande, avec l'accent des touristes de Montréal :

— Comment tu t'appelles ?

Elle est magnifique avec ses yeux vert clair et ses longs cheveux blonds.

— Carl Lévesque.

J'espère qu'elle me dira à quel point je suis un grand skieur. Les habitués de la montagne ont tous entendu parler de moi.

— C'est un beau nom, Carl. Fais-tu de la course ?

— Tu as entendu parler de moi ?

— Non. J'ai vu ton dossard et tu viens de me dire que tu faisais une descente chronométrée.

Comme je suis stupide ! J'essaie de changer de sujet :

— Tu viens de par ici ou bien tu es en vacances de Noël ?

— Je m'appelle Cassandre, ou Cassie, Houde. Merci de me l'avoir demandé.

Je me sens stupide encore une fois. Elle me trouve probablement impoli. Deux skieurs surgissent. Ils passent devant nous sans s'arrêter.

Je me demande quand arrivera un des officiels de la compétition pour venir voir pourquoi je n'ai pas encore franchi le fil d'arrivée. Je tiens à rester sur place. Je veux qu'il voie de ses propres yeux pourquoi j'ai chuté. Ainsi, j'aurai une chance de reprendre mon essai chronométré.

Cassie et moi restons un long moment sans parler, puis elle me demande :

— Alors, si ce n'est pas toi qui as installé le câble, qui l'a fait ?

— J'aimerais bien le savoir. Pour pouvoir l'étrangler.

Elle sourit.

— Tu es trop mignon pour être si méchant.

Je ne sais pas quoi répondre.

Cassie enlève sa planche et la met sous son bras pour remonter la piste. Je reste à la regarder avec sa longue tresse blonde.

— Allez, viens, Carl !

— Où ça ?

— Vers l'autre arbre.

— Ce n'est pas nécessaire de le détacher. On va simplement l'enlever du chemin.

J'ai trop mal aux mains et la douleur empire avec le froid.

De plus, je veux laisser le câble attaché pour que mon entraîneur et les officiels croient ma version des faits.

— Qui a parlé de le détacher ? demande Cassie.

Elle se rend à l'autre arbre. Elle plante sa planche dans la neige et s'accroupit pour observer. Elle pointe du doigt la neige à la base du tronc.

— Regarde ça.

— Quoi ?

— Des pas. Celui ou celle qui a installé le câble s'est tenu juste ici.

— On devrait peut-être aller chercher un chien policier.

— Très comique, Carl Lévesque. Tu ne remarques rien d'autre ?

— Ce sont des traces de planche.

Une trace unique et très large. Et d'après les pas, la personne s'est déplacée autour de l'arbre. Ensuite, elle est montée sur sa planche et est descendue sur une piste au milieu des arbres. Il sera impossible de retrouver le coupable.

— Une planche, répète Cassie. Alors on sait déjà quelque chose sur le coupable.

— Mais ça ne nous aide pas beaucoup. Il y a environ mille planchistes ici. Bien entendu, ils ne sont pas tous aussi habiles que notre coupable. Il a choisi une piste très difficile pour s'échapper.

— Il ne veut probablement pas être vu.

— Et s'il n'a pas été vu, on n'a aucune chance de prouver qui a commis ce geste.

— Pas tout à fait, a ajouté Cassie.

Elle pointe du doigt une branche légèrement

au-dessus de ma tête. Il y a une touffe de laine bleue accrochée au bout.

— Le ou la planchiste qui a fait cela porte une tuque en laine bleue. Et cette personne s'est accrochée dans la branche, ce qui veut dire que cette personne est aussi grande que toi.

Elle met ses mains sur les hanches et me fait un grand sourire.

— Donc, un ou une planchiste qui porte une tuque bleue, qui est grand et est habile. Maintenant, tu sais quatre choses à propos du saboteur.

Elle se tait. Elle sort son téléphone puis me demande :

— As-tu un cell ?

Je hoche la tête. Mes parents ne sont pas très riches, mais ils ont accepté de m'en acheter un parce que c'est pratique en cas d'accident ou d'urgence, ou simplement s'ils s'inquiètent et veulent me parler.

— C'est quoi, ton numéro, Carl?

Je le lui donne.

— C'est au cas où tu t'ennuierais sur les pistes?

— Au cas où je trouverais de l'info qui pourrait t'être utile. Je te texterai.

Je lui souris à pleines dents.

— Oh! Es-tu détective?

Elle redevient sérieuse.

— Il faut que je parte.

— Qu'est-ce que j'ai dit de mal?

Cassie saisit sa planche. Je répète :

— Cassie, qu'est-ce que j'ai dit de pas correct?

Elle ne répond pas et s'éloigne sans me regarder.

Cette fille-là m'a donné un coup de poing au visage. Elle a essuyé le sang qui coulait de mon nez. Elle m'a insultée. Et elle est repartie sans même me saluer!

Toute une fille. J'espère la revoir rapidement.

Chapitre quatre

L'hiver, j'installe des pneus à crampons sur mon vélo de montagne. Quand le temps est bon, je monte au sommet de la montagne avec. À vrai dire, pas à vélo, plutôt en voiture avec une personne qui nous emmène en haut. La plupart des membres les plus vieux de l'équipe conduisent. Quand j'apporte le vélo en haut, j'ai un moyen de transport et je n'ai pas à attendre qui que ce soit pour rentrer à la maison à la fin de l'entraînement. Normalement, les routes sont déneigées, mais quand elles ne le sont pas, je laisse mon vélo au sommet de la montagne et je rentre en voiture avec quelqu'un.

Cet après-midi-là, je ne rentre pas directement à la maison après ma journée sur les pistes.

Je le voudrais, mais je sais que je dois me forcer à aller à l'endroit qui me rappelle les pires souvenirs de ma vie.

C'est l'hôpital.

Il y a deux itinéraires, un long et un court, pour se rendre à l'hôpital en partant du centre de ski. Comme je risque d'être en retard pour le souper, je ne peux pas prendre le chemin le plus long, que je préfère. Je dois donc suivre la seule route que j'essaie d'éviter à tout prix pour me rendre en ville : celle qui a un passage à niveau. Celle qui est maintenant équipée d'avertisseurs lumineux et d'une barrière qui s'abaisse quand un train approche. Quand j'étais petit, il n'y avait rien de cela.

Je m'arrête aux rails.

Un automobiliste derrière moi klaxonne, fâché que je me sois arrêté sans raison.

Il n'y a peut-être pas de raison pour lui, mais je ne peux pas m'en empêcher.

Je regarde des deux côtés pour m'assurer qu'une locomotive ne se précipite pas vers moi, avec l'avertisseur à plein volume et le phare avant brillant comme l'œil d'un cyclope.

Pas de train. Il n'y a que le souvenir horrible qui m'écrase la poitrine avec la puissance d'une locomotive, un souvenir dont je ne peux pas m'échapper.

Je serre les dents et je traverse les rails, assis sur mon vélo.

Devant moi se trouve l'hôpital.

Grégoire est seul dans sa chambre, allongé dans un grand lit. Il a les deux jambes dans le plâtre jusqu'à la taille et porte seulement un haut de pyjama. Il y a un bol de pouding sur le plateau devant lui. Il ne semble pas heureux.

— Carl, toute une surprise!

Ce l'est probablement. Grégoire Dubois n'est pas à proprement parler mon ami. C'est le genre de garçon qui essaie de bousculer les gens autour de lui. Peu après mon arrivée dans l'équipe de ski, je l'ai entendu crier contre l'un des jeunes skieurs. Quand je lui ai demandé d'arrêter de l'intimider, il a essayé de me donner un coup de poing que j'ai évité en me baissant. Ensuite, je l'ai projeté par terre et je lui ai dit que, s'il recommençait, je lui donnerais un coup de poing à mon tour. Il n'a plus agi de la sorte depuis.

— Comment vas-tu? me demande-t-il.

Il a de longs cheveux blonds et une moustache, et est un peu plus costaud que moi.

— Presque mal. C'est pour ça que je suis ici. J'ai failli me retrouver à l'hôpital, moi aussi.

— Pour vrai? Pendant les essais chronométrés?

— Oui.

Je raconte l'histoire du câble à Grégoire.

— Oh! Ça me semble horrible!

— Qu'est-ce qui s'est passé exactement? Tout ce que je sais, c'est que l'entraîneur t'a trouvé inconscient dans la neige, avec les jambes cassées. Penses-tu que c'est possible que tu aies frappé un câble ou quelque chose du genre?

— Non. Mes skis se sont croisés. C'est stupide, surtout quand on descend à la vitesse d'une fusée.

Je dis :

— C'est vrai que c'est très stupide.

— Comment vont les autres skieurs de l'équipe? Est-ce qu'il leur est arrivé quelque chose?

— Non, sauf pour le mélange de dossards.

J'explique à Grégoire comment Bobby a pris mon dossard par erreur avant les essais.

Nous rions tous les deux. Bobby est le meilleur ami de Grégoire. Tout le monde le surnomme ainsi parce qu'il s'appelle Richard McGee et son nom de famille nous fait penser à la chanson de Janis Joplin.

Après quelques moqueries sur Bobby, Grégoire et moi n'avons plus grand-chose à nous dire. Comme dans l'autobus pour aller aux compétitions. Nous n'aimons pas vraiment être en présence l'un de l'autre. Je finis par dire :

— Bon, eh bien, je dois partir. J'ai des trucs à finir.

— C'est sûr.

Je me lève et je suis presque arrivé à la porte quand il me dit :

— Carl ?

— Oui, Greg ?

— Pourrais-tu enlever le foutu plateau et le mettre sur la table près de la porte ?

Je me dirige vers son lit. Il prend son plateau et se penche pour me le remettre. Son pyjama s'ouvre, et j'aperçois sa poitrine et son ventre. Je dépose le plateau sur la table et je le salue sans rien ajouter.

En marchant dans le long corridor, je pense à ce que j'ai vu. Et ça ne me plaît pas. Tout son ventre est noir et bleu, comme un gigantesque hématome. Ça ressemble au genre de bleu que laisserait un câble d'acier si un skieur le frappait à pleine vitesse.

Si Grégoire a bel et bien frappé un câble tendu entre deux arbres, pourquoi a-t-il menti, à moi et à tous les autres ?

Maman me tourne le dos quand j'entre dans la cuisine pour souper. Elle mélange de la sauce à la viande dans un bol de spaghettis.

Papa est assis à table. Il fixe l'horloge sur le mur. La table est déjà mise. J'arrive juste à temps. Mes parents paniquent chaque fois que j'ai du retard, mais particulièrement pour le souper. Ça leur rappelle un événement qui flotte encore sous la surface de leurs vies.

Mes parents sont mariés depuis presque vingt ans. Sur leur photo de fin d'études, ils sont rayonnants et souriants, mais maintenant, ils ont surtout l'air fatigués.

Papa se tourne vers moi. Il secoue la tête et fronce les sourcils en remarquant que je boite. Discrètement, il met son index devant sa bouche pour me faire signe de ne rien dire. Comme si j'avais besoin qu'on me le rappelle.

Maman pose le bol de pâtes au centre de la table.

— Bonsoir, Carl! Ça s'est bien passé aujourd'hui en skis?

Je m'assois. Je sais très bien quelle réponse elle veut entendre. Et je sais très bien la réponse que papa veut toujours que je lui donne.

— Super!

— Tu n'es pas tombé? demande maman.

— Pas une fois. Tu me connais, je ne pousse jamais trop.

Ma jambe commence à me faire mal, mais je vais m'efforcer de ne pas boiter en sortant de table, au cas où elle me regarderait.

Elle se penche et m'embrasse sur le front.

— Bravo, mon gars. Tu sais à quel point je m'inquiète parfois.

Je ne me sens pas mal de lui mentir. C'est ce qu'elle veut. Elle veut croire mes mensonges, pour vrai. Comme elle semble toujours fragile, c'est sa façon à elle d'accepter la réalité.

— Eh bien, maman nous a fait un autre bon repas ce soir, hein?

— Oh oui, dis-je.

Maman tapote ma main, et je fais de même.

Eh oui! Nous sommes la petite famille parfaite dans une maison parfaite. Le linge est toujours propre et bien plié. Il n'y a jamais de poussière sur les planchers. La vaisselle se fait rapidement, dès la fin du repas. Personne ne crie, jamais. Et on ne regarde que des films pour tous.

Nous sommes la petite famille parfaite.

Alors, qu'est-ce que ça peut bien faire que j'aie dû implorer mes parents et me disputer avec eux pour avoir la permission de skier? Qu'est-ce que ça peut bien faire que mon père m'autorise à skier seulement si je ne raconte jamais à ma mère les incidents qui se passent quand je skie?

Oui, nous sommes une famille parfaite. Sauf pour une chose : il devrait y avoir une autre personne à table avec nous.

Chapitre cinq

Le lendemain matin, je prends le télésiège jusqu'en haut de la montagne. Il fait encore très beau. Le ciel est d'un bleu limpide, tellement lumineux qu'il me donne mal aux yeux. Il n'y a pas de vent et il fait plus chaud que d'habitude à cette période de l'année. Bref, c'est une journée parfaite pour dévaler les pentes.

Mais je n'ai pas envie de skier.

Installé dans le télésiège, je regarde à peine les skieurs et les planchistes qui descendent la piste. Je pense seulement au câble tendu entre deux arbres.

Quelqu'un a cherché à me blesser.

Il faut que je trouve qui et pourquoi. Sinon cette personne peut essayer encore de me faire mal. La prochaine fois, je n'aurai peut-être pas autant de chance. J'ai quinze ans et je tiens à célébrer mon seizième anniversaire et beaucoup d'autres qui suivront, jusqu'à ce que je sois vieux. Me précipiter sur un câble en acier à une vitesse folle m'en empêcherait certainement.

Je dois penser comme un détective, mais j'en sais beaucoup plus sur le ski que sur la recherche de criminels.

Je souris quand une pensée me traverse l'esprit. Ce serait beaucoup plus agréable avec l'aide de Cassie Houde.

Qu'est-ce qu'elle m'a dit déjà? Que la personne qui a fait ça est grande, porte une tuque bleue et est très habile en planche à neige.

Je dois donc commencer mes recherches à un endroit où se tiennent les planchistes : une piste appelée le Pipeline.

Je m'y rends en descendant du télésiège.

Du sommet, cette piste en demi-lune ressemble à un énorme tube dont on aurait enlevé le dessus. Avec des arbres de chaque côté, elle me fait penser à une structure pour la planche à roulettes.

J'enlève mes skis et je les plante dans la neige. J'observe les planchistes qui montent et descendent les parois de la demi-lune, comme en planche à roulettes. Ils enchaînent des rotations et des virages, des sauts et des dérapages.

J'entends le crissement de la neige. Je me retourne et je regarde vers le sommet de la piste. Comme le soleil m'aveugle, je ne reconnais pas tout de suite celle qui freine à côté de moi.

— Salut, Carl !

C'est la voix de Cassie Houde.

— Salut !

— Tu penses à devenir un maniaque de la glisse ?

— Un maniaque de réglisse ?

— De la GLISSE.

— Je le sais, Cassie. Je blaguais.

Elle sourit.

— Je me suis informée sur toi.

— Pour vrai ?

Mon cœur se met à battre plus fort. Est-ce que ça veut dire qu'elle pense à moi autant que je pense à elle ?

— Pour vrai. On me dit que le ski de descente, c'est ta vie. Alors je comprends pourquoi tu ne sais pas grand-chose sur la planche à neige.

— Je m'entraîne le plus possible pour faire les Jeux olympiques. Ça occupe presque tout mon temps.

Il y a beaucoup de choses que je ne lui dis pas. Comme la vraie raison qui me pousse à faire quelque chose qui me terrorise. Ou le fait qu'après la plupart de mes compétitions je dois me précipiter aux toilettes pour vomir.

Cassie sourit de nouveau :

— Alors pourquoi tu perds ton temps ici ?

— Je cherche un grand planchiste avec une tuque bleue. Tu te rappelles ? Avec ton instinct de…

Je me tais avant de dire « détective », de crainte qu'elle se fâche encore.

— Mon instinct de détective ? Ne t'inquiète pas. Je ne m'en irai pas. Hier, j'avais une raison de m'en aller. Pas aujourd'hui.

— Quelle raison ?

— Je ne peux pas te le dire. Tu peux me faire confiance, OK ?

— OK.

Quelqu'un crie :

— Hé, Cassie !

C'est un planchiste qui arrive du sommet. Je ne distingue pas son visage parce que j'ai le soleil dans les yeux.

Il s'arrête rapidement en projetant de la neige sur moi.

Je me redresse. Il est un peu plus grand que moi. J'ignore son nom, mais je le connais de vue. Il fait régulièrement de la planche à la station.

— C'est vraiment con de m'envoyer de la neige comme ça.

— Tu n'as qu'à me poursuivre.

Il jette un coup d'œil à mes skis et lance :

— Tu penses que j'ai peur de quelqu'un qui n'a pas le courage de faire de la vraie planche ?

Ensuite, il s'adresse à Cassie :

— Prête ?

— Sûr ! À plus tard, Carl ! lance Cassie.

Ils s'élancent sur leurs planches.

Le garçon est vraiment puissant. Il fait un saut, puis un 360.

Cassie vient de me demander de lui faire confiance.

Alors pourquoi fait-elle de la planche avec un grand gars, un excellent planchiste, qui correspond à la description de celui qu'on soupçonne ? Une autre petite chose me chicote. Une autre petite chose m'incite à ne pas faire confiance à Cassie.

Il porte une tuque tricotée, une tuque du même bleu que les brins de laine restés accrochés à une branche d'arbre près du câble.

Chapitre six

Je les regarde s'éloigner sur la piste. Ils ne sont pas aussi rapides que les skieurs parce qu'ils montent et descendent le long des parois de la demi-lune.

Je n'aime peut-être pas le gars à la tuque bleue parce que Cassie fait de la planche avec lui. Et puis, j'ai l'impression qu'il veut épater tout le monde. Il s'élance et fait un tour complet en l'air.

Ensuite, il exécute un tour et demi et atterrit en sens inverse. Quelqu'un dit :

— Wow ! As-tu vu le beau 5-40 que Simon a fait ?

Simon ? Le gars à la tuque bleue doit être Simon Hurtubise. Sa réputation de planchiste est au moins égale à ma réputation de skieur. Il ne fait partie d'aucune des équipes que je connais, mais il est le meilleur planchiste de la région.

Cassie et Simon s'éloignent de plus en plus. Je remets mes skis pour les suivre.

Plus loin, Simon se penche vers l'arrière jusqu'à ce que sa spatule pointe en l'air. Il la saisit et ressemble à quelqu'un qui fait un cabré en vélo de montagne.

Un peu plus tard, il s'élance à presque deux mètres. Pendant qu'il est dans les airs, il donne un coup de talons, et la planche est vis-à-vis de sa taille. Il agrippe la planche d'une main et la lâche juste avant de toucher le sol.

J'espérais qu'il tombe, mais non. Il enchaîne les figures de manière impeccable. Il sent peut-être que je l'observe. Il sent peut-être que ça me met de mauvaise humeur de le voir avec Cassie.

Ils arrivent au bout de la piste. Je décide de les suivre sans me faire remarquer.

On se trouve à la station de ski Charlevoix, pas très loin d'une petite ville appelée Baie-Saint-Paul. Je connais par cœur les vingt-cinq pistes de la station. Et tous les sentiers à travers les arbres. C'est normal, je skie ici depuis que j'ai onze ans.

L'extrémité de la piste Pipeline se trouve au carrefour de trois autres pistes. À cet endroit, les quatre se rejoignent et forment une seule piste très large qui mène au télésiège principal. Je suis sûr de voir Cassie et Simon en bas. Je n'ai qu'à descendre plus vite qu'eux.

Je m'élance. Un peu plus loin, je fais un virage serré pour m'engager dans une ouverture au milieu des arbres. Je me penche pour éviter les branches. Ce n'est pas l'idéal, mais j'ai plus de facilité à skier qu'à courir. Je sors du boisé presque à pleine vitesse. Quelques minutes plus tard, j'atteins une autre piste appelée les Montagnes russes.

Je m'élance en ligne droite, à pleine vitesse, en dépassant des dizaines de skieurs lents. Le bas des Montagnes russes rejoint le Pipeline.

Je ralentis et je me cache au milieu des arbres sur le côté de la piste.

J'attends.

Quelques minutes plus tard, j'aperçois Simon et Cassie. Ils sont faciles à reconnaître. Simon porte un manteau bleu assorti à sa tuque et Cassie a le même ensemble violet. Ils se dirigent vers le bas de la piste en traçant de grandes courbes dans la neige.

Je reste dans ma cachette et ils ne me remarquent pas. Deux choses m'aident. Premièrement, les planchistes et les skieurs regardent rarement derrière eux. Deuxièmement, je suis difficile à repérer au milieu de cette piste très achalandée.

Ce qu'ils font ensuite me surprend : ils ne rejoignent pas la file d'attente du télésiège. Ils continuent jusqu'au chalet, là où se trouvent la billetterie et la cafétéria.

C'est étrange. Pourquoi arrêtent-ils de skier aussi tôt? Je reste à l'écart pour les observer.

Simon et Cassie s'arrêtent près des supports à skis. Ils enlèvent leurs planches, les rangent et entrent dans le chalet.

Toujours sur mes skis, je me rends vers un autre support. J'attends qu'ils sortent. Je me sens stupide, par contre. Qu'est-ce que j'espérais apprendre en les suivant? Je n'arriverai jamais à m'approcher suffisamment pour entendre ce qu'ils disent. C'est la première fois que j'essaie de jouer au détective, et je sens déjà que je m'y prends mal.

Simon et Cassie ressortent avant que j'aie décidé quoi faire ensuite. Ils se dirigent à l'endroit où ils ont laissé leurs planches. Je détourne la tête en espérant qu'ils ne me voient pas.

Quand je me retourne vers eux, ils ont déjà récupéré leurs planches.

Je trouve que c'est étrange, ça aussi. Pourquoi sont-ils entrés dans le chalet et en sont-ils ressortis aussitôt ? Ils n'y sont pas restés assez longtemps pour s'acheter à manger.

Ce qu'ils font ensuite est encore plus bizarre.

Ils ne vont pas vers les remontées mécaniques, mais plutôt vers le stationnement. On est au début de la matinée et ils s'en vont déjà ? Pourquoi ?

J'enlève mes skis. Ils vont vers le stationnement derrière le chalet. Je m'y dirige aussi en contournant le chalet par l'autre côté. J'arrive juste à temps pour les voir mettre leurs planches à l'arrière d'une fourgonnette noire décorée de rayures orange.

C'est de plus en plus intrigant. Je reconnais ce véhicule. Il appartient à Bobby McGee.

En voyant la fourgonnette se diriger vers moi, je me cache derrière un mur. Elle passe devant moi et sort du stationnement.

Je me demande où ils vont. Je me demande pourquoi Bobby se tient avec un gars qui pourrait être celui qui a installé un câble d'acier entre deux arbres. Je me demande ce que Cassie a à voir avec ces deux-là.

Je ne trouve aucune réponse logique à mes questions.

Je retourne à l'arrière du chalet pour récupérer mes skis. Je suis peut-être un mauvais détective, mais je ne mérite pas de gaspiller une belle journée de ski.

Je remets mes skis, glisse mes poignets dans les dragonnes de mes bâtons et baisse mes lunettes.

Et puis je tombe presque à la renverse de surprise.

J'aperçois Simon et Cassie qui se dirigent tout droit vers les supports à skis. C'est probablement Bobby qui les a ramenés en fourgonnette.

Pourquoi ?

Simon et Cassie n'ont pas leurs planches. Alors, que font-ils à la station ?

Je continue à les épier.

Ils sont devant le support à skis où ils se sont arrêtés plus tôt.

Simon prend une planche à neige. Cassie fait de même.

Je comprends de moins en moins.

Simon glisse son pied avant dans la fixation pendant que Cassie se prépare, elle aussi.

Ça n'a toujours aucun sens. Je viens de les voir mettre leurs planches dans la fourgonnette de Bobby. Je viens de les voir revenir au chalet sans leurs planches. Et ils viennent de prendre les planches d'autres personnes.

Ils avancent vers le télésiège, comme des centaines d'autres skieurs et planchistes qui commencent leur journée.

Puis je comprends.

Ils sont sur leurs propres planches. Celles qu'ils ont mises dans la fourgonnette de Bobby appartenaient à d'autres personnes. Ça ne veut dire qu'une chose.

Ils ont volé des planches et les ont confiées à Bobby. Bizarre.

Je pense au câble d'acier installé en travers de la piste et je me demande s'il y a un rapport avec les planches volées.

Comme la circulation est dense autour de la station, je sais que Bobby va mettre beaucoup de temps à atteindre la route principale.

Je trouve une solution qui me fait prendre une décision stupide.

Chapitre sept

Ma solution? Un grand gars un peu grassouillet aux cheveux roux et habillé tout en noir. Un mauvais skieur qui veut s'améliorer. Il s'appelle Joe Daragon. Bien entendu, tous ceux qui ont lu la série *Amos Daragon* le taquinent avec son nom, y compris moi. Je l'appelle :

— Amos !

Il se tourne vers moi avec un grand sourire. Ce surnom lui fait plaisir, même s'il ne ressemble en rien au héros des romans. Il a quelques années de plus que moi, mais dans notre petit village, tout le monde se connaît.

Il transporte son équipement vers le chalet pour se préparer à skier. Je marche vers lui.

— Tu te rappelles que tu m'as demandé de te donner des leçons?

— Aujourd'hui?

— Non, mais bientôt. Promis.

— C'est quoi, l'attrape?

— Service de taxi. Tout de suite. Tu laisses ton équipement ici et on part sur-le-champ.

— Mais je….

— Tu viens d'arriver, je le sais. Mais je te jure que je vais te le rendre.

Il hausse les épaules.

— Bon. Pourquoi pas?

Je m'élance vers l'endroit où il a garé sa Jeep Wrangler rouge.

— Suis-moi!

Quand on court avec des bottes de ski aux pieds, on a la rapidité d'un robot qui patauge dans la boue. Je détache donc mes bottes, je les enlève et je me mets à courir nu-bas avec mes bottes dans les mains.

Mes orteils sont gelés quand j'arrive à la jeep.

Et Joe est à bout de souffle.

— Eh, explique-moi!

— Ouvre les portières et monte.

Il comprend certainement l'urgence de la situation. Il s'assoit, déverrouille ma portière et démarre le moteur pendant que je lance mes bottes sur la banquette arrière avant de m'installer.

Je tends le doigt vers l'autre extrémité du stationnement.

— Tu vois la fourgonnette noire avec les rayures orange? On va la suivre.

— Comme dans les films ? Pourquoi ?

— Si je le savais, on ne serait pas obligés de la suivre.

Maman est une maniaque de la conduite préventive. Ou, du moins, elle insiste pour que je pratique la conduite préventive quand je finirai par avoir mon permis.

Certains jeunes se font faire la leçon sur la consommation de drogues, de cigarettes ou d'alcool. Pas moi. Je me fais sermonner sur les dangers de la route et elle me rappelle à quel point chaque véhicule est une machine à tuer potentielle que je dois éviter.

Son principal argument est très simple. Un bon conducteur n'est pas quelqu'un qui a les habiletés nécessaires pour éviter les problèmes, comme celui de reprendre la maîtrise d'un véhicule qui dérape latéralement. Non. Comme elle le dit toujours, un bon automobiliste est celui qui peut prévoir les problèmes et les éviter longtemps avant qu'ils surviennent. Un bon automobiliste sait que la chaussée est glissante et ralentit pour ne jamais avoir à s'inquiéter d'un dérapage latéral.

Un autre truc de conduite préventive que ma mère me répète sans cesse, c'est de nous assurer qu'il y a assez de place derrière nous pour que l'automobiliste qui nous suit ait une distance de freinage suffisante.

Eh oui. Derrière nous...

Tout le monde sait que deux véhicules doivent éviter de se suivre de trop près. Si on roule à cent dix kilomètres à l'heure, par exemple, il faut conserver une distance équivalant à sept voitures entre le pare-chocs avant et l'arrière de la voiture que l'on suit. Si elle freine brusquement, on a le temps d'arrêter. Eh oui, ma mère me le répète tout le temps.

L'hiver, elle me dit deux fois par jour :

— C'est important sur les routes glacées et enneigées de ralentir et de laisser de l'espace entre celui qui nous suit et celui qui nous précède. Comme ça, si celui qui te suit ne peut pas freiner à temps, tu peux avancer pour lui laisser plus de place.

C'est la version longue de l'explication.

Tout cela signifie simplement que j'ai appris à vérifier très souvent dans les rétroviseurs latéraux pour anticiper les problèmes. À cause de ces leçons répétées, je remarque tout de suite qu'un homme d'âge mûr nous suit depuis notre départ de la station de ski.

Il conduit un modèle récent, une Ford blanche, je pense. Mais toutes ces nouvelles voitures se ressemblent tellement que la sienne se mêle au paysage.

Je ne distingue pas nettement son visage parce qu'il porte des lunettes de soleil.

Mais la chose que je remarque est vraiment, vraiment bizarre.

Il tient un appareil photo.

Il a une main sur le volant et, de l'autre, il prend des photos de la jeep d'Amos.

Et il nous talonne toujours pendant que nous suivons la fourgonnette de Bobby.

Chapitre huit

— Ce n'est pas aussi excitant que je l'imaginais, dit Amos.

Bobby s'arrête à la station-service suivante pour faire le plein.

— Je ne t'ai rien promis d'excitant ! Seulement des leçons de ski. Ne t'arrête pas ici. Continue.

Amos continue donc tout droit tandis que le

type dans la Ford blanche nous suit toujours. Je lui demande :

— Tu pourrais faire demi-tour ?

— C'est interdit.

— Tu veux de l'aventure ? Profites-en !

Il rit sans enthousiasme, mais il fait ce que je lui ai demandé. Au moins, le type dans la Ford blanche ne peut plus nous suivre.

Je me dis qu'on attirera trop l'attention si on continue à rouler dans la jeep. Alors, je pointe du doigt le stationnement d'un casse-croûte à côté de la station-service.

— Là tu parles ! dit Amos. Je ne refuse jamais un bon hamburger.

— Pas aujourd'hui ! Gare-toi là-bas, derrière le camion.

— Pas de hamburger ?

— Première leçon de ski : manger moins et faire plus d'exercice.

Nous sommes hors de la vue de Bobby. Je descends de la jeep et je contourne le camion pour mieux l'observer. Il est toujours en train de faire le plein.

Un Lincoln Navigator rouge se stationne derrière la fourgonnette, comme si le conducteur attendait que Bobby ait terminé le plein. Sauf que le conducteur sort et, sans dire un mot à personne, il ouvre la portière arrière du véhicule de Bobby. Un autre type descend du côté passager et va rejoindre son complice.

On dirait que Bobby ne remarque rien.

Le conducteur est un chauve corpulent qui porte de grosses lunettes de soleil. Son ami, encore plus imposant, a les cheveux coupés en brosse et une barbiche. Les deux hommes prennent l'équipement de ski volé et le rangent à l'arrière de leur propre véhicule.

Je ne suis pas le plus intelligent, mais je

comprends ce qui se passe. Par contre, qui va me croire ? Ce sera ma parole contre la leur.

À moins que…

Mon téléphone !

Barbiche remet une enveloppe à Bobby qui l'ouvre et en sort de l'argent. Barbiche lui enlève l'enveloppe des mains et l'enfouit dans le manteau de Bobby.

Je n'entends pas ce que Barbiche dit, mais je peux l'imaginer. Si c'est un paiement pour de l'équipement volé, alors Bobby n'est pas très futé de sortir l'argent à la vue de tous.

Barbiche et son ami regagnent le Navigator sans ajouter un mot. Ils partent, et je me rassois dans la jeep.

— Allez, Amos, on s'en va. Fais un autre demi-tour. Cette fois, on suit un Navigator.

— Laisse-moi deviner : tu ne sais pas pourquoi.

— Leçon numéro deux : ne pas fâcher son instructeur.

Amos fait un rapide demi-tour et réplique :

— Ça ne me semble pas très amusant, tes leçons.

— Leçon numéro trois : les filles trouvent que les bons skieurs sont cool.

Nous suivons le Navigator et réussissons à le rattraper.

Je sors mon cellulaire de la poche intérieure de mon manteau. Quand nous sommes assez près, je photographie la plaque d'immatriculation.

Au feu de circulation suivant, nous nous rangeons à côté du véhicule. Je tiens le téléphone contre mon oreille, comme si je parlais à quelqu'un, et je prends une autre photo en espérant avoir une image claire du conducteur.

— Bon, on retourne à la station de ski.

Amos est surpris.

— C'est tout ?

— C'est tout. On se revoit lundi prochain pour ta première leçon.

— Note tout de suite mon numéro. Tu n'auras pas d'excuse pour ne pas m'appeler.

— Bonne idée.

Après avoir enregistré ses coordonnées, je vérifie les photos que j'ai prises.

Elles sont réussies.

J'ai une image très nette de la plaque d'immatriculation. Et une photo quelconque du conducteur, mais suffisamment claire pour distinguer ses traits. Enfin, j'ai la scène où Barbiche remet l'enveloppe à Bobby. On les voit de loin, mais c'est probablement suffisant.

J'ignore si ces photos seront utiles, mais je sais que j'ai assisté à un moment important.

Chapitre neuf

Amos me dépose devant le chalet pour m'éviter de traverser le stationnement en bottes de ski. Nous convenons d'une heure pour sa leçon, puis je sors de sa voiture et il part.

Mes skis se trouvent là où je les ai laissés. Je reste quelques minutes immobile, à admirer la vue sous le soleil brillant. Le vert profond des épinettes se détache de la blancheur des pistes de ski.

Autour de moi, les skieurs rient et crient comme s'ils n'avaient aucun souci.

Moi, j'en ai, des soucis.

Après avoir réfléchi quelques minutes, trois détails me frappent. Cassie a été la première personne à descendre la piste après que j'ai failli frapper le câble. Elle connaît le planchiste à la tuque bleue. Et elle a volé deux planches avec lui.

S'ils sont de si bons amis, ce n'est peut-être pas un hasard qu'elle soit arrivée juste après ma chute. Elle venait peut-être voir si j'avais été blessé.

À bien y penser, cette hypothèse n'a aucun sens. Si elle connaissait l'existence du câble, pourquoi se serait-elle dirigée droit dessus ? Si elle fait partie du complot, elle devait être au courant.

Je garde le visage tourné vers le soleil encore quelques minutes.

Une pensée me traverse l'esprit. Quand Grégoire a eu son accident il y a deux semaines, notre entraîneur l'a trouvé inconscient. Il n'a pas remarqué de câble. Cela veut dire que quelqu'un a attendu à côté, probablement avec des pinces, et se tenait prêt à couper le câble tout de suite après la chute de Greg.

C'est probablement la même chose qui était prévue dans mon cas. Quelqu'un attendait, à côté du câble, que je descende. Et cette personne, c'était Simon. Par contre, comme je me suis baissé juste à temps pour éviter le piège, Simon a dû sauter sur sa planche et s'échapper sans enlever le câble pour éviter d'être surpris.

Ma théorie explique la présence de Cassie sur la piste. Si elle fait partie de la manigance, elle a cru que Simon avait enlevé le câble immédiatement après ma chute. Ça expliquerait pourquoi elle a été surprise de le voir là !

Je pense encore à Cassie. Je lui ai demandé si elle était une touriste en vacances ici, mais elle n'a pas répondu à ma question. Je me souviens qu'elle s'est contentée de me dire son nom. Est-ce parce qu'elle ne veut pas que je sache pourquoi elle se trouve à la station de ski?

Ensuite, je me rappelle son accent. Si elle est une touriste de Montréal, elle couche probablement à l'hôtel situé sur les pentes.

J'ai une idée.

Je me présente à la réception de l'hôtel du Mont Charlevoix. Mes bottes de ski claquent sur le plancher, mais personne ne le remarque. Nous sommes nombreux en bottes de ski dans l'hôtel.

Une grosse tête d'orignal surmonte le comptoir. Je reconnais le réceptionniste, un jeune aux cheveux roux, pas très grand, au visage couvert de taches de rousseur.

— Bonjour, Nathan! Tu te souviens de moi? J'ai déjà réparé ta fixation!

— Bien sûr. Je t'en dois une!

— Pourrais-tu me rendre service maintenant? Peux-tu vérifier s'il y a une certaine Cassie Houde dans cet hôtel?

Nathan fronce les sourcils.

— On n'est pas autorisés à donner les numéros de chambre des clients à qui que ce soit.

— Je ne veux pas savoir dans quelle chambre elle est. Je veux juste savoir si elle dort ici.

Il fronce encore les sourcils. J'essaie de le convaincre :

— Nathan, qu'est-ce que tu fais si quelqu'un appelle ici et demande à parler à Cassie Houde ?

— Je consulte l'ordinateur et je transfère l'appel à sa chambre.

— Et si elle n'est pas votre cliente ?

— Je dis à la personne qui appelle qu'elle ne reste pas ici.

Je lui fais un grand sourire.

— Préfères-tu que je t'appelle ou bien peux-tu me le dire maintenant ?

— Je regarde tout de suite, répond Nathan en souriant à son tour.

Il tape sur son clavier et regarde son écran.

— Non. Il n'y a personne de ce nom-là ici.

— Merde.

— Attends… Il y a un Jean Houde qui a réservé deux chambres. Elle pourrait être avec lui?

— C'est peut-être son père. Ils viennent d'où?

— Voyons, Carl. Cette information-là est censée être confidentielle.

Je souris toujours.

— Tu te rappelles, quand ta fix s'est brisée, tu étais désespéré parce que tu ne pouvais plus skier avec la jolie fille? Tu te rappelles que j'ai tout abandonné pour la réparer immédiatement?

Nathan jette un regard à gauche et à droite. Il se penche vers moi et chuchote :

— Ils viennent de Montréal. Ils sont arrivés il y a quatre jours et ils repartent une semaine après Noël.

Il regarde son écran en plissant des yeux et ajoute :

— Ils ont une Ford Taurus.

Nathan interprète mal mon regard intrigué.

— Il faut qu'on le sache au cas où il faudrait contacter un client à cause d'un accrochage dans le stationnement ou parce qu'il a laissé ses phares allumés.

— Elle est blanche, j'imagine ?

— Oui. Comment tu le sais ?

— J'ai deviné. Merci, Nathan. Maintenant, c'est moi qui t'en dois une.

Nathan remarque autre chose sur son écran et murmure :

— C'est bizarre…

— Quoi ?

— Il est écrit ici que les deux chambres sont offertes à titre gracieux.

— Ça veut dire quoi ?

— Qu'elles sont gratuites. Avec les repas et les billets de ski. Ils ne paieront pas une *cenne* pour tout leur séjour ici.

— Qu'est-ce qu'il y a de bizarre avec ça ? Votre hôtel n'a pas l'habitude d'offrir des fins de semaine de ski gratuites ? J'entends plein de promotions à la radio.

— Normalement, il y a un message sur l'ordi qui nous indique que le séjour est gratuit parce que c'est un journaliste, un ami du propriétaire ou une personne importante. Il faut qu'on le sache, explique Nathan.

— C'est quoi la raison qu'on te donne ici ?

Nathan lève les yeux vers moi.

— C'est ça qui est bizarre. Il n'y a pas de raison. Je n'ai jamais vu ça. Qu'est-ce que tu sais de cette fille ?

— Pas assez. Vraiment pas assez.

Chapitre dix

Pour en apprendre davantage sur Cassie Houde, je décide de louer une planche à neige à la boutique de la station.

Je suis accueilli par Babou, un barbu trapu qui me connaît parce que j'enseigne parfois aux clients de sa boutique de location.

— *Toi*? Carl Lévesque? Le champion de la descente qui veut louer une planche?

— Bien oui. Pourquoi pas?

— Es-tu un *goofy*?

— Pourquoi tu me demandes ça?

Il éclate de rire.

— En planche, en général, on descend avec le pied gauche devant. Si ton pied avant est plutôt le droit, on dit que tu es un *goofy*.

— Je ne sais pas.

Je me sens stupide.

Babou dépose une planche par terre. Il choisit une paire de bottes spéciales à ma pointure et me dit :

— Essaie ça. Les fixations sont installées pour un pied droit devant.

Je glisse mes pieds dans les fixations. Je m'imagine en train de descendre une piste.

— Je comprends : je me sens ridicule comme le Goofy de Walt Disney.

— Donc, tu es comme la plupart des gens : le pied gauche devant.

Il sort une planche différente, ajuste les fixations pour moi et me propose :

— Loue l'équipement pour trois jours. Tu vas économiser. Tu vas trouver ça étrange au début, mais ne lâche pas. Tu vas aimer ça quand tu seras habitué.

Je suis son conseil et je le paie.

— Avant que tu t'en rendes compte, tu vas faire des *fakies* et des *ollies.*

— Euh... C'est en italien ?

— Ça veut dire que tu vas descendre à reculons et que tu vas faire un transfert de poids vers l'arrière pour soulever ta spatule et amorcer un glissé sur les modules.

— Merci. Je vais peut-être me contenter de parler comme un planchiste plutôt que de descendre.

— Amuse-toi ! me lance Babou.

— C'est sûr.

— Oh, et puis surveille bien ta planche. Elle vaut 400 $.

— Je ne la perdrai pas, ne t'inquiète pas.

— Je n'ai pas peur que tu la perdes. J'ai plutôt peur des vols.

— Des vols ?

— Oui. C'est une vraie épidémie cette année. D'après ce qu'on me dit, il se vole l'équivalent de plusieurs milliers de dollars d'équipement chaque semaine. Ici à la station seulement. Fais le calcul. Et même si les voleurs vendent les trucs à moitié prix, ils font un beau petit magot en une saison.

Je revois Cassie et Simon s'éloigner avec deux planches. Un total de 800 $. Et ça ne leur a pris que cinq minutes.

— Oh boy ! Des milliers de dollars chaque semaine ! Il serait temps que quelqu'un s'attaque au problème.

Je veux aller sur la piste Pipeline pour voir Cassie. Je me dis qu'elle doit se trouver là avec les autres planchistes. Je veux lui demander de me donner des leçons de planche. Ce serait un bon moyen d'en apprendre davantage sur elle. Et de lui poser une ou deux questions.

Il faut que je prenne le télésiège jusqu'au sommet de la montagne, puis que je descende une petite piste pour rejoindre la Pipeline.

Je tombe dès ma descente du télésiège. C'est la première fois qu'une telle chose m'arrive depuis que j'ai onze ans.

Les choses ne vont pas en s'améliorant. Je tombe tellement souvent que je regrette de ne pas avoir acheté de protège-fesses pour amortir le choc.

Je me fais dépasser par de jeunes planchistes. Par des vieux aussi.

Chaque fois que je me relève, je vacille un peu, et je m'écrase de nouveau. À la vitesse à laquelle je descends, je n'arriverai pas à la piste Pipeline avant Noël.

Puis, petit à petit, j'ai plus de facilité. Comme je skie depuis longtemps, je maîtrise certains principes. J'ai aussi beaucoup de force dans les jambes. En traversant une butte, je comprends comment planter la carre en amont de ma planche pour ralentir ou arrêter. Je comprends comment faire des virages en dérapant d'un côté ou de l'autre de la planche.

Je comprends aussi comment plier les genoux pour bien amorcer un virage et me relever après. J'ai plus de facilité quand je garde mes bras parallèles à l'inclinaison de la piste.

Je décide de ne pas aller tout de suite sur la Pipeline. En arrivant au bas de la montagne, je vais plutôt m'exercer sur d'autres pistes.

Je me déplace lentement.

Sur mes skis, j'arrive à descendre la montagne de haut en bas en moins de trois minutes.

En planche à neige, j'ai à peine franchi la moitié de la distance en une demi-heure. Mais je m'amuse bien, surtout parce que je ne vais pas vite et que je n'ai pas peur.

Je me mets à faire des virages inclinés comme en skis. Je m'incline vers la carre intérieure de la planche pour mieux mordre dans la neige et tracer une longue courbe. Je fais ensuite un transfert de poids sur l'autre carre pour virer dans l'autre direction.

Je n'ai rien d'un expert une fois rendu au bas de la piste. Faire un *fakie*? Pas question. Quand je vais à reculons, c'est involontaire. Et un *ollie*? Non plus. Mes seuls sauts, c'est quand je n'arrive pas à éviter de grosses bosses. Lever la spatule de ma planche pour glisser sur l'arrière comme du surf sur les vagues? En rêve seulement.

Mais je me sens bien tout de même. J'ai l'impression que personne ne va se moquer de moi quand j'irai essayer la Pipeline.

Et j'ai tort.

Simon va s'en charger.

Chapitre onze

Je reconnais tout de suite le costume de ski violet et la longue tresse blonde de Cassie. Elle se tient au sommet de la Pipeline avec Simon qui porte sa tuque bleue. Ils regardent vers le bas de la piste et ne me voient pas.

Le vent est léger. Je le sens sur mon visage pendant que je me dirige vers eux sur ma planche.

Puisque je descends lentement et avec prudence, je ne fais pas de bruit.

Par contre, le vent transporte leurs voix jusqu'à moi. Cassie dit à Simon :

— Il faut que je soupe avec mon père avant. Après, je pourrai sortir en douce de l'hôtel.

— N'oublie pas, Cassie. Ils veulent te rencontrer à neuf heures ce soir.

Je fais semblant de ne pas les avoir entendus.

— Salut ! Qu'est-ce que vous en dites ?

Je pointe ma planche du doigt. Cassie me fait un grand sourire, comme si elle était contente de me voir.

— Carl ! Toi, sur une planche ?

— Je m'amuse bien. Je me demandais : pourrais-tu me donner quelques trucs ?

— Bien sûr, dit Cassie.

— Pas question, réplique Simon. Laisse-nous seuls.

Je dis :

— OK. C'est correct. Je mentais.

— Quoi? demande Simon.

Cassie me regarde en réfléchissant.

— Je ne me suis pas arrêté pour avoir une leçon. Je suis cassé.

Simon réplique :

— Je ne suis pas une banque. Va-t'en.

— Tu as besoin d'argent? répète Cassie.

— Oui. Je suis prêt à faire ce qu'il faut pour en avoir.

— Va travailler au snack-bar. Va-t'en.

— Voyons donc, Simon. Les gens intelligents ne travaillent pas dans un casse-croûte.

Je fais une pause. J'ai longuement pensé à ce que j'allais dire depuis que je suis sorti de l'hôtel.

— Les gens intelligents s'arrangent pour recevoir de l'argent dans une enveloppe.

Cassie me regarde toujours. Simon se tait un long moment avant de demander :

— De quoi tu parles?

— Des rumeurs, c'est tout.

— Tu as été voir Greg à l'hôpital, c'est ça? Qu'est-ce qu'il t'a dit? a voulu savoir Simon.

Sa réaction m'apprend que Grégoire est dans le coup.

— Juste des rumeurs.

Je me demande ce que Simon peut encore m'apprendre.

— Tu as vu ses jambes fracturées, hein? Il ne faut pas niaiser avec…

Ensuite, Simon se tait.

Avec deux colosses qui roulent en Lincoln Navigator? Je garde ma réflexion pour moi. Mieux vaut que Simon n'en sache pas trop. Je fais plutôt semblant de rien.

— Je ne comprends pas. Greg m'a dit que c'est un accident.

—Oui, répond Simon. Fais attention que ça ne t'arrive pas à toi aussi.

— Je skie vite, mais je suis prudent.

Simon me fait un sourire méchant.

— Au cas où tu n'aurais pas remarqué, tu n'es pas sur tes skis en ce moment.

Avant que je puisse répondre, il me pousse. Je me mets à glisser sur la piste et je prends de la vitesse. Et directement devant moi, il y a une fillette sur ses skis.

La bambine skie très lentement. Elle a les jambes écartées et se concentre pour ne pas tomber. Elle porte un joli casque jaune et m'arrive à peine à la hauteur des genoux. Si j'entre en collision avec elle, je suis sûr de casser chacun de ses os.

En skis je pourrais l'éviter facilement.

Mais sur une planche, je ne pense pas pouvoir faire un virage à temps. Si je vire trop sec, je risque de déraper et de glisser, les pieds devant, jusqu'à elle. Ma planche la heurterait violemment.

Je me sens comme une fusée qui se dirige droit

sur elle. Je ne peux pas tomber et je ne peux pas virer. Pendant un battement de cœur qui me semble horriblement long, je revois mon frère coincé sur les rails de chemin de fer pendant que le train fonçait sur lui.

Je suis tellement en colère que je n'ai pas le temps d'avoir peur. Je me concentre sur chacun de mes mouvements pour réussir ce que je veux faire.

J'oriente la spatule de ma planche entre les deux skis de la petite.

Je baisse les bras et je la saisis par la taille quand j'arrive vers elle. Ainsi, plutôt que d'entrer en collision avec son dos, je la soulève de terre.

Ma stratégie fonctionne. Je descends en la tenant dans mes bras.

Elle hurle de plaisir :

— Papaaaaa ! You ! You ! C'est drôle.

Moi, je ne trouve pas ça drôle du tout. Il faut que je m'arrête. Lentement, très lentement, j'amorce un virage en inclinant ma carre dans la neige. Nous commençons à ralentir progressivement, très progressivement.

— You! You! J'aime ça, papa!

Quand je réussis enfin à m'arrêter, je la dépose par terre. Elle se retourne et me regarde, surprise :

— Tu n'es pas mon papa!

Elle se met à pleurer.

Simon et Cassie viennent à notre rencontre sur leurs planches.

Cassie se penche vers la petite pour la rassurer :

— On va aller retrouver ton papa.

Un homme plus haut sur la pente crie vers nous.

— Tu vois? Il arrive.

La petite n'arrête pas de pleurer. Je m'éloigne d'elle. J'espère que, quand son père arrivera, il prendra sa fille dans ses bras. Ainsi, il ne pourra pas s'élancer à mes trousses.

Simon me suit.

— Ne te prends pas pour un héros, Carl. Si tu ne t'éloignes pas, tu vas être blessé. Gravement.

— Ah oui?

Je ne trouve rien d'autre à dire. Je ne suis pas un héros. Si seulement il connaissait la vérité…

— Ouais. Va demander à Bobby. Il faudra que tu ailles le voir à l'hôpital.

— Bobby est blessé, lui aussi?

Simon sourit :

— Tu ne sais pas la nouvelle? Il a eu un accident avec sa fourgonnette il y a une heure environ. C'est ce qui arrive aux gens qui nous jouent dans les pattes.

Chapitre douze

À la fin de l'après-midi, plutôt que de rentrer chez nous, je préviens mes parents que je reste coucher à la station. Je fais ça de temps à autre. Ça évite de les inquiéter pour rien. Depuis le jour où mon petit frère Édouard est mort, ils craignent de recevoir un appel de la police et de mauvaises nouvelles.

L'hôtel du Mont Charlevoix m'accorde le tarif employé parce que je travaille parfois comme instructeur de ski. Je loue une chambre quand je dois me lever très tôt le matin pour donner mes leçons. C'est pourquoi mes parents ne sont pas surpris quand je leur dis que je ne rentrerai pas.

Je tue le temps. Je mange des hamburgers graisseux pour calmer ma faim et je lis des magazines de ski pour me changer les idées. Cassie doit rencontrer quelqu'un. Si je découvre qui, je saurai peut-être pourquoi. Pourquoi Grégoire et Bobby ont été blessés. Pourquoi Cassie est dans le coup. Est-elle en danger, elle aussi ? Qu'est-ce qui se passe exactement ?

Je prévois suivre Cassie quand elle sortira de l'hôtel. Je traîne le plus longtemps possible dans le hall de l'hôtel pour rester au chaud. Il fait très froid, le soir, sur une montagne.

À vingt heures quarante-cinq, je sors et je me cache dans l'ombre des arbres. D'où je suis, je peux surveiller les portes de l'hôtel sans me faire voir.

Juste avant vingt et une heures, Cassie sort à la

hâte. C'est facile de la suivre parce qu'elle ne se méfie de rien et ne se retourne pas.

Je suis surpris par ce qu'elle fait. Elle se dirige vers le télésiège.

Je continue à la suivre.

Tout est tranquille. Je vois bien parce que la lune brille, et la lumière se reflète sur la neige. Les arbres et les remontées mécaniques sont noirs, alors que la neige est grise. J'ai l'impression de marcher dans un film en noir et blanc.

Deux types l'attendent au télésiège. Ils ont des skis aux pieds.

En skis? Le soir? Qu'est-ce qui se passe?

Il y a beaucoup d'arbres au bas des pistes. Je peux donc m'approcher incognito. Je n'aime pas ce que je vois.

Un des hommes sort un foulard et le noue autour du cou de Cassie! Sa voix étranglée me parvient nettement dans l'air froid de la montagne:

— Qu'est-ce que vous faites?

L'inconnu lance :

— Tu veux savoir ce qu'on fait ? On t'emmène en promenade.

Je n'ai jamais entendu sa voix auparavant.

Son visage est éclairé pendant un instant. C'est le chauve qui conduisait le Lincoln Navigator rouge. L'autre enlève ses skis et ramasse une planche à neige qui est appuyée contre un arbre. J'aperçois une barbiche. C'est le passager.

Il ordonne à Cassie :

— Tiens ça.

Pendant que le chauve retient Cassie par le foulard, Barbiche se rend à la cabane du télésiège. Il fracasse une fenêtre, y glisse son bras et déverrouille la porte. Ensuite, il entre. Un peu plus tard, les moteurs géants se mettent en marche et les chaises commencent à se déplacer.

Barbiche sort et remet ses skis. Il s'approche de Cassie.

Comme les moteurs font beaucoup de bruit, je n'entends pas ce qu'il dit.

Mais je le vois pointer du doigt vers la remontée mécanique.

Les trois s'approchent et s'installent sur un siège qui les emporte vers le sommet : Cassie, une planche à neige et deux hommes en skis.

Qu'est-ce que je peux faire ?

D'ici à ce que je prévienne la police ou quelqu'un d'autre, il risque d'être trop tard. À une autre époque, la peur m'a empêché de faire ce qu'il fallait. Et j'ai agi trop tard. Beaucoup trop tard.

Je ne vais pas permettre que ça se reproduise. J'attends qu'ils aient de l'avance sur moi. Je cours jusqu'à la remontée, puis je m'assois sur un siège.

J'ai peur qu'ils me voient s'ils se retournent. Alors je me couche sur le siège. J'espère que l'ombre me cachera.

Le télésiège me transporte jusqu'au sommet.

Le clair de lune me permet de les voir. Ils sont à au moins douze chaises devant moi. Nous montons de plus en plus haut.

Je sais que c'est fou.

Qu'est-ce que je peux faire contre ces deux grands colosses alors qu'ils tiennent Cassie prisonnière et peuvent lui casser le cou en deux secondes ?

Je comprends qu'il serait beaucoup plus sage d'aller chercher de l'aide. Si leur plan est de la tuer, ils le feront tout de suite. Je pourrais trouver de l'aide en cinq minutes. Mais parce que j'ai pris une décision stupide et que j'ai décidé d'agir en héros, personne ne sait ce qui se passe. Et je ne peux pas descendre du télésiège avant le sommet de la montagne. Si quelque chose se produit, je serai en mauvaise posture, comme Cassie. Et personne ne viendra à notre secours.

J'ai tellement peur que j'ai la sensation familière que je vais vomir. Je n'ai rien d'un héros.

Je sais pourquoi je me suis précipité sur le télésiège sans réfléchir. Un jour, il y a des années, j'ai été paralysé par la peur en voyant surgir un train. J'ai attendu trop longtemps avant d'aider quelqu'un qui avait besoin de moi. Je ne veux pas me détester encore plus en fuyant le danger une autre fois.

De plus, il est trop tard pour changer d'idée. La seule façon de descendre d'un télésiège, c'est quand il atteint le sommet.

Autre chose m'inquiète. Les deux hommes sont en skis, et Cassie a la planche qu'ils lui ont donnée. Je n'arriverai jamais à les suivre ! C'est difficile de marcher sur la neige en montagne. Si on n'est pas en skis, on peut s'enfoncer jusqu'à la taille. Ou plus creux encore.

Puis je me souviens que les patrouilleurs rangent leur traîneau au sommet en cas d'urgence. Si un skieur se blesse, ils s'en servent pour le transporter jusqu'au bas de la montagne.

Est-ce que je pourrais l'utiliser pour les suivre ?

Je décide que oui. Je me coucherai dedans et je me dirigerai avec mes pieds. Ça fonctionnera, pourvu que je réussisse à me tenir assez loin d'eux.

Je l'espère du fond du cœur parce que, quelques minutes plus tard, nous parvenons au sommet.

Mon plan tombe à l'eau. Quand je descends du télésiège, l'homme à la barbiche m'attend.

Chapitre treize

— Tu penses qu'on ne te voyait pas ? Dis-nous donc ce que tu fais ici, demande l'homme à la barbiche.

Le chauve tient toujours Cassie par le foulard autour du cou.

— Ça va, Cassie ?

— Je comprends, dit le chauve. C'est ta petite blonde.

— Laissez-le, le prie Cassie. Carl ne sait rien de ce qui se passe.

— C'est Carl ? Carl Lévesque, le grand skieur ?

Il éclate de rire.

— On en a deux pour le prix d'un. Maintenant, le père de la fille n'osera rien essayer.

— Mon père ?

— Oui, ton père, Cassie. Le caméraman. On t'a vue avec lui aujourd'hui. C'est le même qui nous suivait. J'ai pris le numéro de sa plaque et on a payé un gars à l'agence de location de voitures pour qu'il nous donne son nom. On l'a googlé et on a découvert qu'il est détective. De Montréal, c'est bien ça ? Ça ne nous a pas pris beaucoup de temps pour découvrir que tu essayais de faire quelque chose.

— Ouais, ajoute Barbiche. On s'est dit qu'on ferait mieux de te rencontrer ici en haut, seul à seul. Pour savoir exactement pourquoi tu veux nous voir. Est-ce que tu enregistres ce qu'on dit ?

— Je ne sais pas de quoi vous parlez, répond Cassie.

— Tu es une mauvaise menteuse. On peut te fouiller ici même, tout de suite. Ou bien tu peux nous le dire.

Au bout de quelques secondes, Cassie soupire.

— Dans la poche de mon manteau. J'utilise mon cell. Avec la fonction d'enregistrement activé par la voix.

Le chauve la fouille et prend son téléphone.

— Nous enlever, ça va juste aggraver les choses.

— Oh? Pourquoi? Parce que ton père a des photos?

Le silence de Cassie confirme qu'il a raison.

L'homme à la barbiche dit :

— Explique à ton petit papa qu'on est à l'ère du numérique. Il devrait renouveler son équipement.

— Je... je ne comprends pas.

— S'il avait utilisé un appareil numérique, on ne serait pas ici. Mais il se sert encore d'un appareil photo argentique. Et on a la pellicule.

— Quoi?

— Rien de plus facile que de forcer la porte d'une chambre d'hôtel. On a tout. Et maintenant, on a mis la main sur toi.

Son complice retient toujours Cassie par le foulard. Il faut que la conversation dure le plus possible. Un agent de sécurité a peut-être remarqué la vitre brisée de la cabane. Quelqu'un nous a peut-être vus dans le télésiège. Plus on parle, plus on a de chances que quelqu'un vienne nous aider. J'expose mon hypothèse :

— Greg et Bobby volent des skis. Ils s'organisent toujours pour choisir de l'équipement qui ressemble au leur. S'ils sont pris en flagrant délit, ils font semblant de s'être trompés.

Barbiche rit.

— Un autre détective! Tu penses quitter la montagne avant qu'on soit partis?

— Mais j'ai raison, hein?

— Et puis après?

Je continue :

— Rien ne peut aller mal tant qu'ils volent de l'équipement qui ressemble au leur. Combien ça leur rapporte ?

— Environ 200 $ par jour, répond Barbiche. Simplement pour se rendre dans le stationnement avec le mauvais équipement.

— Alors pourquoi Greg et Bobby sont à l'hôpital ?

— Facile : ils sont devenus trop gourmands. Notre méthode, c'est qu'ils prennent l'équipement. Ils nous le donnent et, nous, on trouve les acheteurs. On leur remet la moitié de ce qu'on fait. Mais Greg et Bobby ont voulu lancer leur petite affaire. Et nous, on n'aime pas ça. Un ami planchiste a posé un câble pour nuire à Grégoire. Et aujourd'hui, on a trafiqué les pneus de la fourgonnette de Bobby. Ils ont tous les deux appris la leçon.

Au moins, on discute plutôt que de se battre. Il y a une chose que je ne comprends pas.

— Pourquoi Simon a-t-il installé un câble pour

me faire tomber, moi ? Je n'ai rien à voir là-dedans !

Barbiche répond :

— Tu te rappelles que Bobby s'est trompé et a pris ton dossard ? Vous vous ressemblez tous quand vous avez votre casque sur la tête. Je surveillais la ligne de départ avec des jumelles. Simon, lui, attendait mon signal pour installer le câble. Je l'ai prévenu quand j'ai vu le numéro de Bobby. Ça devait fonctionner de la même façon que pour Greg. Dès la chute de Bobby, Simon devait détacher le câble et s'enfuir sur sa planche. Mais c'est toi qui portais le dossard de Bobby. Alors on a trouvé un autre moyen de lui donner une leçon.

Le chauve se met à parler :

— Eh ! On n'a pas toute la nuit !

Je suis inquiet.

— Qu'est-ce que vous allez faire ?

— Cassie va avoir un accident de planche, explique le chauve. On va lui casser une jambe et la laisser sur la piste et, nous, on redescendra en skis.

Ensuite, on va appeler son petit papa pour lui dire de commencer à la chercher. Ça va distraire tout le monde et nous laisser le temps de nous sauver à des centaines de kilomètres d'ici avant qu'ils la trouvent.

— Et on fait quoi avec le pseudo-détective ici?

Je réponds :

— Rien du tout, surtout si Cassie me lance la planche à neige.

— Quoi? demande Barbiche.

— À moins que vouliez passer la nuit à essayer de grimper l'autre versant de la montagne, la seule façon de quitter la station, c'est d'aller tout droit. Et je vais arriver en bas avant vous et je vais appeler la police. Vous seriez très stupides de toucher à un cheveu de Cassie. Je ne vais pas rester à ne rien faire et courir le risque qu'une autre personne meure. Pas encore.

— Qu'est-ce que tu veux dire par « pas encore »? demande Cassie.

— La planche, Cassie. Vite !

Elle la lance juste devant moi. La planche se met à glisser et je me jette dessus à plat ventre. Les fixations s'enfoncent dans mes côtes, mais ça ne me fait rien. Je m'élance vers le bas de la montagne.

Je dirige la planche avec tout mon corps vers la droite. Elle vire abruptement, et je suis presque projeté sur la neige.

La piste est si inclinée que je vais déjà à pleine vitesse.

Si je ne ralentis pas, c'est la planche, et non les deux voleurs, qui va me tuer.

Je me rappelle la méthode que j'ai prévue utiliser pour diriger le traîneau des patrouilleurs et je plante le bout de mes deux pieds dans la neige.

Je finis par m'arrêter, mais je n'ai pas beaucoup de temps.

Je regarde derrière moi : Barbiche me suit en skis.

Sa silhouette se détache sur la neige et dans la nuit claire. Il se dirige déjà vers moi.

Je me relève le plus rapidement possible. Je glisse mes pieds dans les fixations et je les serre au maximum autour de mes bottes d'hiver. Je m'élance vers le bas de la piste. C'est la course de ma vie !

Chapitre quatorze

Je sais que, si je tombe, je suis mort. Barbiche me rattrapera avant que j'aie le temps de me relever.

Je dois descendre un kilomètre de piste avant d'arriver au complexe hôtelier. Il est plus rapide en skis que moi sur la planche. Je viens à peine d'apprendre à descendre là-dessus !

La bonne nouvelle, c'est qu'il doit aller plus lentement au clair de lune qu'en plein jour. Moi, par contre, je connais par cœur la moindre bosse et le moindre relief de cette piste.

L'autre bonne nouvelle, c'est que Cassie est en sécurité pour le moment. Ils n'oseront pas lui faire de mal, parce que si je m'échappe ils seront coincés. Il faut avant tout que je me rende en bas sans me tuer en heurtant un arbre.

Je fais un virage sec.

La piste devant moi se divise en deux. À gauche : la Casse-cou parce qu'elle est couverte de bosses. Il faut les contourner plutôt que de skier par-dessus. Je peux dévaler cette piste à toute vitesse sur mes skis. Mais pas sur une planche.

Je m'engage donc à droite, dans la Monstre. La piste est abrupte, mais plus douce que la Casse-cou. Je m'accroupis et je descends en ligne droite.

Le vent me fouette les cheveux et le visage.

J'arrive sur une petite bosse. Je vais si vite que je suis projeté en l'air. Je me concentre pour rester en position accroupie, les genoux fléchis. Je me concentre pour garder la planche orientée vers le bas.

Boum!

J'atterris brutalement, incliné d'un côté. Ma main frappe le sol. Je me donne une poussée pour rester sur mes pieds.

Je n'ose pas regarder derrière moi pour voir si Barbiche est près.

Est-ce que j'ai peur?

Oui, tellement, que j'ai l'esprit embrouillé. Et il me reste encore cinq cents mètres à descendre.

Je vais à gauche, puis à droite. Je zigzague sans arrêt pour qu'il ne puisse pas deviner où je vais.

Je l'aperçois par-dessus mon épaule. Il est près de moi. Si près qu'on ne pourrait pas garer un autobus entre nous deux.

Je sais qu'il va finir par me rattraper.

Par contre, il y a une piste secondaire au milieu des arbres, qui aboutit près du stationnement de l'hôtel.

Je fais un virage serré. Je dérape presque.

J'approche de la bordure du sous-bois. Je finis par m'engager sur la piste.

Si je tombe à cet endroit, me faire prendre par les malfaiteurs sera le moindre de mes problèmes. Si je frappe un des arbres qui se trouvent des deux côtés de la piste, je souffrirai plus que si je me retrouve entre les mains d'une douzaine de gros gars chauves.

Je me penche. La planche ballotte sur la piste inégale, et je fais de gros efforts pour garder mon équilibre. Par miracle, je réussis à rester debout. Puis je m'élance dans une trouée au milieu des arbres, menant à une autre piste.

Je suis presque arrivé en bas.

Puis je frappe une autre bosse.

Je perds l'équilibre parce que je suis presque à la verticale, et mes bras sont trop levés.

Je suis projeté en l'air, les pieds plus hauts que la tête. J'ai l'impression de retomber au ralenti.

J'essaie d'amortir le choc avec mes mains, mais ça ne fonctionne pas.

Ma tête frappe durement la neige compacte, et je culbute. Je perds ma planche qui file avant de se fracasser contre un arbre.

Mon pied gauche heurte un tronc. La douleur aiguë m'indique que j'ai la cheville cassée.

Ça pourrait être pire : j'aurais pu me frapper le crâne. Sans casque.

Je lève les yeux en m'attendant à voir Barbiche près de moi.

Au bout de quelques secondes, je me rends compte qu'il me suivait de si près qu'il n'a pas pu freiner avant une centaine de mètres plus loin.

Il regarde dans ma direction. Il sait exactement où je me trouve.

Et je suis beaucoup trop éloigné du bas de la piste pour avoir la chance de m'échapper.

J'essaie de me relever. Je me retiens pour ne pas hurler de douleur.

Impossible de courir. Je me sens comme une souris dont la patte est coincée dans un piège.

Barbiche commence à gravir la piste en skis, de côté. Il se rapproche de plus en plus.

Qu'est-ce que je peux faire ?

Mon téléphone.

J'enlève mes gants et je le sors de ma poche.

Il ne me reste que quelques minutes avant que Barbiche me rejoigne.

Les doigts engourdis par le froid, je commence à composer un numéro.

Puis je pense à quelque chose.

Qu'est-ce qui se passera si Barbiche trouve mon cell sur moi et me l'enlève ? Je ne peux pas le jeter dans cette neige épaisse. Le contenu est trop précieux. À moins que je trouve une autre solution...

Je décide de ne pas gaspiller les quelques minutes qui me restent avant que Barbiche me rejoigne. Je n'appellerai pas le service de sécurité de l'hôtel.

Quand Barbiche arrive près de moi, je suis assis et j'essaie de faire semblant de ne pas souffrir le martyre.

— Tu vas me payer ça, me dit-il, tout essoufflé.

Il met la main dans sa poche et en sort un téléphone. Il compose un numéro.

— Ouais, je l'ai trouvé… Casse la jambe de la fille et laisse-la en haut… Crois-moi, quand j'aurai fini avec lui, il ne pourra pas se sauver non plus.

Je crie :

— Non ! Ne faites pas ça. J'ai eu le temps d'appeler les secours.

Je tends mon cellulaire que je gardais caché derrière mon dos.

— Regardez !

Je pointe du doigt le bas de la montagne où on aperçoit des dizaines de faisceaux lumineux. Des lampes de poche. Des gens se précipitent vers le télésiège.

Il lance un juron et parle au téléphone :

— Hé, ne touche pas à la fille ! Pas le temps. Il faut qu'on se sauve. Je te rejoins au bas de l'autre télésiège.

Barbiche hoche la tête en écoutant son complice.

— Tu as raison, mais je peux m'en occuper.

Il coupe la communication et me regarde avec un air menaçant.

— Tu ne changes rien à nos plans, tu sais. On va s'échapper, comme prévu. Par contre, il faut que je m'assure que tu ne parleras pas. Tu vas commencer par me donner ton cell.

Je le jette dans la neige, le plus loin possible.

— Pas grave. De toute façon, tu ne peux pas aller bien loin dans ton état.

Il enlève un de ses skis. Il arrive à garder son équilibre sur une seule planche. Je ne peux aller nulle part, pas avec une cheville cassée.

Il soulève son ski à bout de bras.

— Tu as le choix, dit-il. Tu fermes les yeux ou bien tu regardes ce qui s'en vient. De toute façon, je vais m'assurer que tu ne pourras pas appeler à l'aide.

Je voudrais être brave et garder les yeux ouverts. Mais, comme d'habitude, je manque de courage. Je ferme les paupières et je me protège la tête du mieux que je peux.

Mais ça ne donne rien.

Tout devient noir. Très, très noir.

Chapitre quinze

C'est le cauchemar qui m'étouffe dans un puits obscur. Je suis immobilisé sur mon vélo et je regarde derrière moi. Je crie après mon frère. Je le traite de stupide parce que son vélo est coincé sur les rails de chemin de fer. Comme la dernière fois où j'ai fait ce cauchemar, et la fois d'avant, la locomotive amorce son virage et je vois son gros phare d'un blanc aveuglant, même en plein jour. Je crie à mon frère de sauter en bas de son vélo.

Le pantalon d'Édouard est coincé dans sa chaîne de bicyclette et les roues sont bloquées dans les rails. Il a besoin d'aide. Je suis paralysé par la peur et, quand je me décide à bouger, il est trop tard.

Ensuite, nous sommes tous à l'hôpital, mes parents, mon frère et moi. Les médecins et les infirmières nous annoncent qu'ils n'ont rien pu faire. Je mens à mes parents. Je leur dis que je n'aurais rien pu faire, moi non plus…

La première chose que j'aperçois quand je me réveille sur un canapé dans le hall de l'hôtel, c'est la grosse tête d'orignal. Je la vois depuis des années, mais c'est la première fois que l'animal me fait pitié. J'ai l'impression que, moi aussi, j'ai la tête empaillée.

Un homme debout au-dessus de moi me demande :

— Ça va, mon gars ?

Je cligne des yeux. Je ne le reconnais pas.

— Mes parents. Il faut les appeler. Leur dire que je vais bien.

Il me sourit.

— Bien sûr. Je m'appelle Jean Houde. Je suis le père de Cassie.

J'essaie de m'asseoir.

— Elle… elle est sur la montagne !

Parler me fait mal, mais il faut que je lui explique.

— Ils veulent… la jambe… lui casser…

— Calme-toi. Elle est ici.

Il se retourne, et Cassie s'approche du canapé. Toujours vêtue de son ensemble de ski violet. Toujours aussi belle.

Derrière elle, il y a des policiers et d'autres personnes. Ils discutent entre eux sans se soucier de nous. Jean Houde va les rejoindre. Je me retrouve seul avec Cassie.

— J'espère que tu vas bien, Carl. Les médecins disent que tu as une légère commotion cérébrale. Tu n'as rien de cassé.

Je ne voudrais pas savoir ce que c'est, une commotion grave. Je réussis à m'asseoir.

— Ça va. Je suis content de voir que tu vas bien, toi aussi.

— Les types de la sécurité n'ont pas mis beaucoup de temps à me trouver quand ils sont arrivés au sommet. Toi, par contre, ça a été plus long.

Elle sourit. J'adore son sourire. Je me dis que ce serait bien de la faire sourire le plus possible.

— Comme ça, ton père est détective ? Et tu n'as rien à voir là-dedans ?

— Tu as bien deviné. Il était policier avant à Montréal. Il a pris sa retraite et il est devenu détective privé.

— Et la station de ski l'a engagé. C'est pourquoi vous ne payez rien pour le séjour.

— Le directeur s'inquiétait de la quantité d'équipement volé chaque semaine. Il savait que ça ne pouvait pas être des incidents isolés. Il y en avait tellement que ça risquait de nuire à la réputation de la montagne. Il a même soupçonné Simon, Grégoire et Bobby. Il voulait surtout savoir pour qui ils volaient.

Cassie s'assoit tout près de moi. Ça me plaît.

— J'essayais d'aider mon père sans qu'il le sache. J'ai décidé de me lier d'amitié avec Simon et Bobby. C'est pour ça que je t'ai suivi sur la piste la première fois qu'on s'est rencontrés. Je pensais que tu étais Bobby parce que tu portais son numéro de dossard.

— Logique. Mais tu n'étais pas au courant pour le câble d'acier.

— Pas du tout. J'ignorais qu'ils essayaient de s'attaquer à Bobby comme ils l'avaient fait avec Greg. Et puis je suis partie quand tu m'as traitée de détective parce que je croyais que, toi aussi, tu étais peut-être impliqué dans les vols.

— C'est pour ça que ton père m'a suivi ce matin ?

— Oui. Je lui ai dit que tu étais peut-être dans le coup.

— Et le rendez-vous de ce soir ?

— Papa était au courant. Il s'est fâché quand je lui ai dit que j'avais trouvé un moyen de voir les types qui achetaient l'équipement volé. Il a dit que je prenais trop de risques. Il a fini par me laisser aller à leur rencontre, mais seulement à la condition qu'il me suive pour les arrêter. Tout ce que j'avais à faire, c'était leur parler...

— ... et enregistrer la conversation.

— Il fallait seulement que je les fasse parler assez longtemps pour prouver leur culpabilité. Sauf que ça n'a pas fonctionné. J'étais contente que mon père se trouve tout près pour m'aider à descendre après ton appel.

Elle fronce les sourcils et continue son explication :

— Tu sais que, même si la police les retrouve, on n'a aucune preuve. Ils ont démoli l'appareil photo de mon père et la pellicule.

— Peut-être pas, ai-je dit.

— Crois-moi, il ne reste rien.

— Je peux t'en donner, des preuves.

Je lui parle des photos que j'ai prises.

Elle applaudit.

— Wow! Où est ton cell?

— J'ai été obligé de le jeter sur la montagne.

— Mais il y a au moins trois mètres de neige en haut! On ne le retrouvera probablement pas avant le printemps. Et il ne fonctionnera plus, c'est sûr.

— Tu as raison. C'est pourquoi j'ai envoyé un texto avec les photos à Amos Daragon.

— Voyons donc!

— Il s'appelle Daragon pour vrai… Amos, c'est son surnom, et tout le monde…

— Je me fiche de son nom. Il a tes photos?

Je lui fais un grand sourire.

— Affaire conclue, madame !

Elle se penche et m'embrasse sur la joue.

— Tu es adorable !

Je voudrais être d'accord avec elle, mais je ne peux pas. Pas avec mon secret qui me porte à prouver, à chaque compétition de ski, que je ne céderai plus devant la peur.

Cassie me regarde avec sérieux.

— Tu m'as posé beaucoup de questions, mais, moi, j'en ai une pour toi. Pourquoi tu as dit que tu n'allais pas courir le risque qu'une autre personne meure ?

Je me demande ce que je peux lui révéler. Il faudra que je me confie à quelqu'un un jour, sinon je risque d'éclater ou de me transformer en roche. Par contre, si je m'ouvre à elle, elle m'aimera moins.

— Écoute, Cassie... Admettons qu'une personne a eu tellement peur quand elle était petite qu'elle n'a pas agi à temps pour sauver un autre enfant. Admettons que cette personne n'a jamais raconté à ses parents ce qui s'est vraiment passé. Tu en penserais quoi?

Elle ne répond pas sur-le-champ. Elle sent toute l'importance de cette question pour moi.

— Je pense que les parents de cette personne comprendraient que les enfants ne sont pas des superhéros. Même la plupart des adultes auraient trop peur pour faire ce qu'il faut. Alors ce serait injuste que cette personne se tienne responsable. Et ce serait bien que cette personne se confie à ses parents.

Je réponds « oui » d'un ton nonchalant, comme si ce n'était pas grand-chose. Mais c'est important, et je vais réfléchir à ce qu'elle a dit.

Il flotte un silence bizarre pendant quelques secondes. Je tousse, puis elle dit :

— En tout cas, il nous reste encore une dizaine de jours de vacances.

— J'espère que tu vas t'amuser.

Comme je ne peux pas skier avec une commotion cérébrale, je n'ai aucune chance de la revoir sur les pistes.

— Espèce de nono! Tu ne comprends donc rien?

— Quoi?

— Je viens de te dire qu'il me reste dix jours de vacances. Tu es censé me demander si j'aimerais les passer avec toi.

Elle sourit et me donne un autre baiser sur la joue.

— Dix jours, c'est quand même assez long, tu ne trouves pas, Carl?

Sigmund Brouwer a écrit une centaine d'ouvrages pour les lecteurs anglophones de tous les âges, entre autres *Dead Man's Switch* qui a remporté en 2015 le prix Arthur Ellis. Plusieurs ont été publiés dans les collections Orca Soundings, Orca Sports et Orca Echoes. Chaque année, Sigmund visite plus de cent cinquante écoles et s'adresse à 60 000 élèves. Il habite à Red Deer en Alberta.